桂图登字：20-2015-238

图书在版编目（CIP）数据

澡堂里的仙女 /（韩）白希那著；明书译. —南宁：接力出版社，2016.7
ISBN 978-7-5448-4442-0

Ⅰ.①澡…　Ⅱ.①白…②明…　Ⅲ.①儿童文学－图画故事－韩国－现代　Ⅳ.①I312.685

中国版本图书馆CIP数据核字（2016）第160930号

责任编辑：胡　皓　美术编辑：卢　强　责任校对：刘会乔
责任监印：刘　元　版权联络：董　蒙　营销主理：高　蓓
社长：黄　俭　总编辑：白　冰
出版发行：接力出版社　　社址：广西南宁市园湖南路9号　　邮编：530022
电话：010-65546561（发行部）　传真：010-65545210（发行部）
http://www.jielibj.com　　E-mail:jieli@jielibook.com
经销：新华书店　　印制：北京盛通印刷股份有限公司
开本：890毫米×1194毫米　1/16　　印张：1.5　　字数：30千字
版次：2016年7月第1版　　印次：2016年7月第1次印刷
印数：00 001—10 000册　　定价：35.00元

ZAOTANG
LI
DE
XIANNÜ

澡堂里的仙女

[韩]白希那 著

明书 译

（图中文字：澡堂）

接力出版社
Publishing House

（图中文字：澡堂营业中）

我们小区里……

有一家很老很老的澡堂，
名叫长寿堂。

大人4000韩元

学龄前儿童3500韩元

小区的大街上新开了一家大澡堂。那里有热腾腾的桑拿屋，有冰冰凉的雪屋，还有孩子们都喜欢的游戏房……

今天，妈妈又要带我去很老很老的长寿堂洗澡……

不过，有一件好事！

只要我不哭不闹，
好好搓澡，
妈妈就会给我
买一瓶小酸奶。

8

哦，还有一件好事！
那就是长寿堂里有我最喜欢的
冷水池。

"小志，别玩儿了，
感冒了妈妈可不管！"

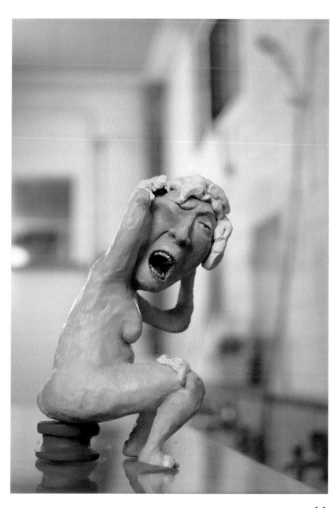

扑通扑通!
踩着地学狗刨。

啊噗啊噗!
国家队选手小志获得
金牌!

咕噜噜!
啊,小船要沉了!

这时……

咦？

澡堂里出现了一位奇怪的老奶奶。

"孩子，不要害怕。
我是住在那座深山里的仙女。
我的仙女裙不见了，
所以只能住在这里了。"

仙女奶奶讲了《仙女与砍柴郎》的故事，

虽然是早就听过的故事，

但我还是假装没听过，

坚持把仙女奶奶讲的故事听完了。

哇！怎么会这样！仙女奶奶居然知道很多在冷水池里玩儿的游戏。

唰唰唰，在瀑布下面比站功！

扑通扑通，趴在小水盆上面拍水！

咕噜噜，咕噜噜，在水下憋气！

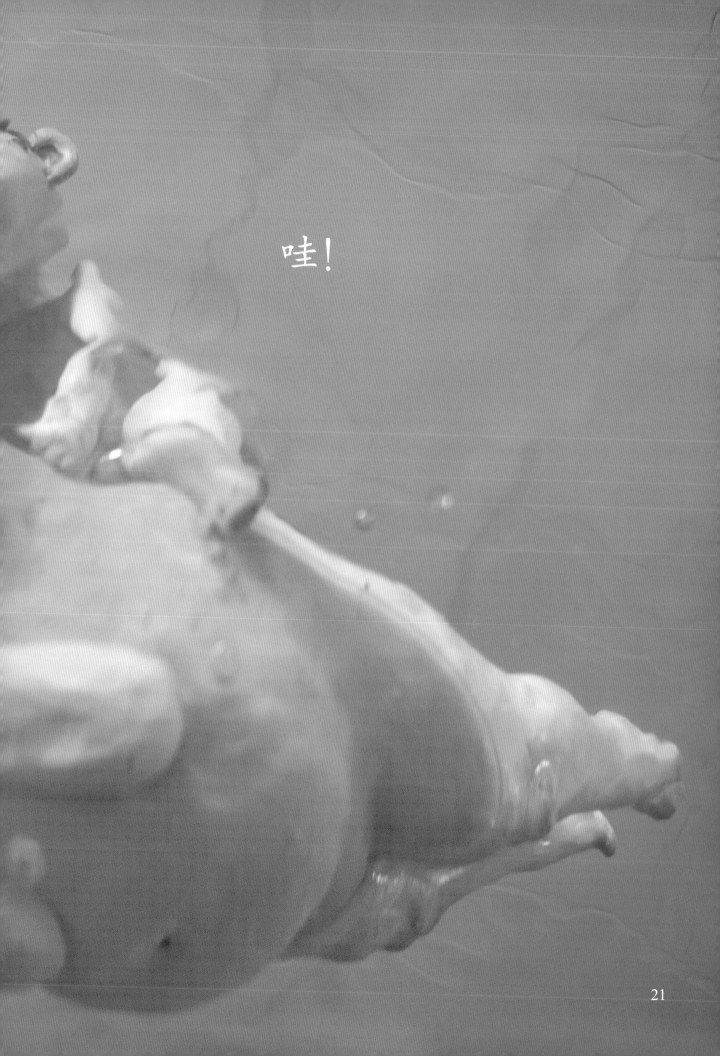

哇!

仙女奶奶指着小酸奶
不好意思地问：
"可是，你说那是什么呢？
看起来很好喝的样子。"

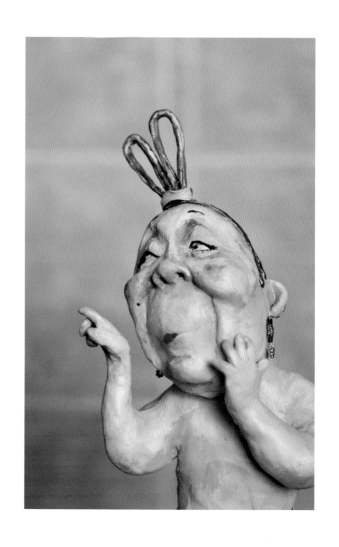

"是小酸奶呀。"
"小……仙奶？"
"嗯……您等一下！"

我先到热水池里泡了一会儿，
虽然觉得又闷又热，但我还是忍住了。

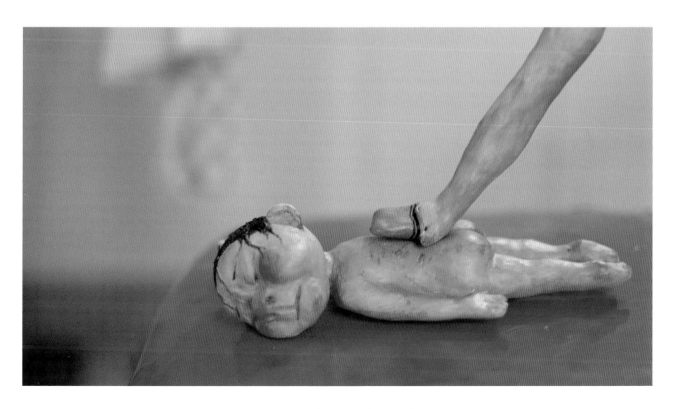

妈妈给我搓澡的时候，
也忍着没有哭出来。

终于，
妈妈给我买了一瓶小酸奶。
我把小酸奶给了仙女奶奶。

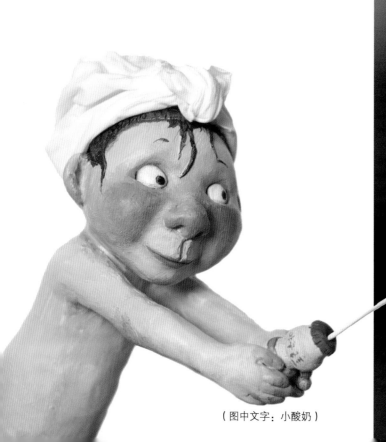

（图中文字：小酸奶）

好像有点儿渴，但我可以忍着，
下次要是还能跟仙女奶奶玩儿
就好了！

可是，到了下午，
我感觉头好痛，
还流鼻涕。

"你看，不听妈妈的话，
感冒了吧？"

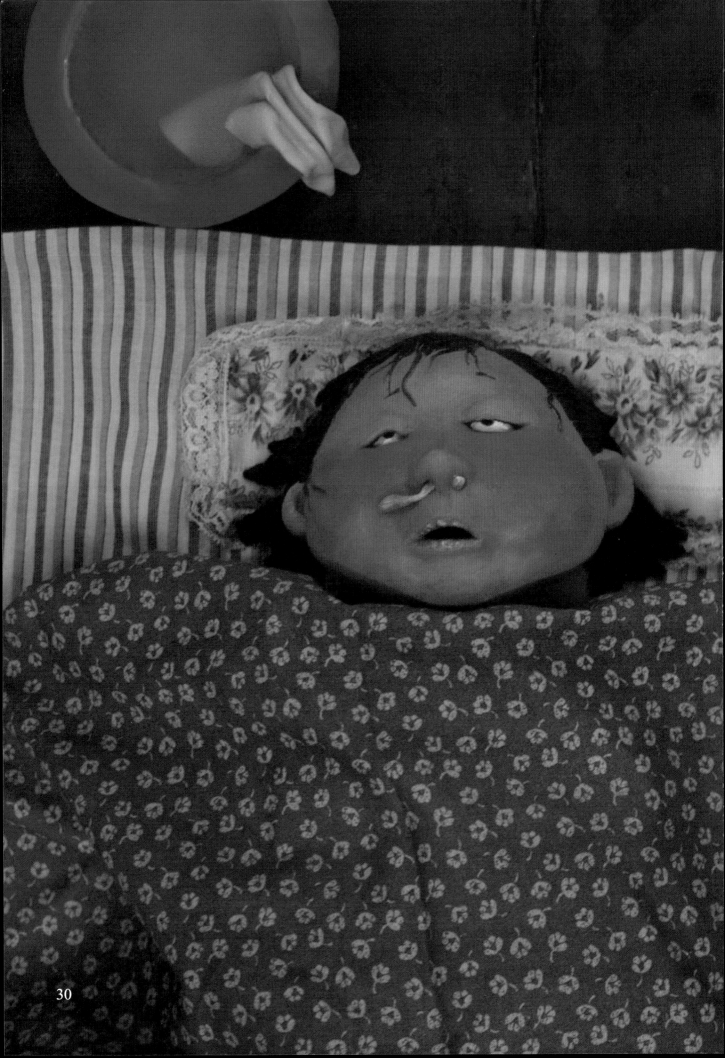

半夜醒了，
我感觉头晕，
嗓子干，
身上热热的，
好疼啊……

这个时候——

"小志，谢谢你的小仙奶。
你要快点好起来哟。"

"啊……好舒服。"

第二天早上，
感冒完全好了，好神奇！

"谢谢您，澡堂里的仙女奶奶！"